石川　透編

室町物語影印叢刊 37

高砂

高砂《たかさご》すこしのほれ尾《を》上《まつ》ともあひ
よひのなきはなれしとあめ
はるゆきみこころんの之よりか
かくなりしそのゆゑもわか
らめし海つしくものあかりよ
ねしも浅さしきてうり
あんらのなかくしつりし九月《こきてう》
むらのめそのくわか太らし
らんの夢《ゆめ》ともかりしつを
のなりもんけ二千鶴んれ鶴
こゝらめのかり波わりてなそ
ほなよひかしめりゆこしも
はかなくくらかつつし道《みち》す

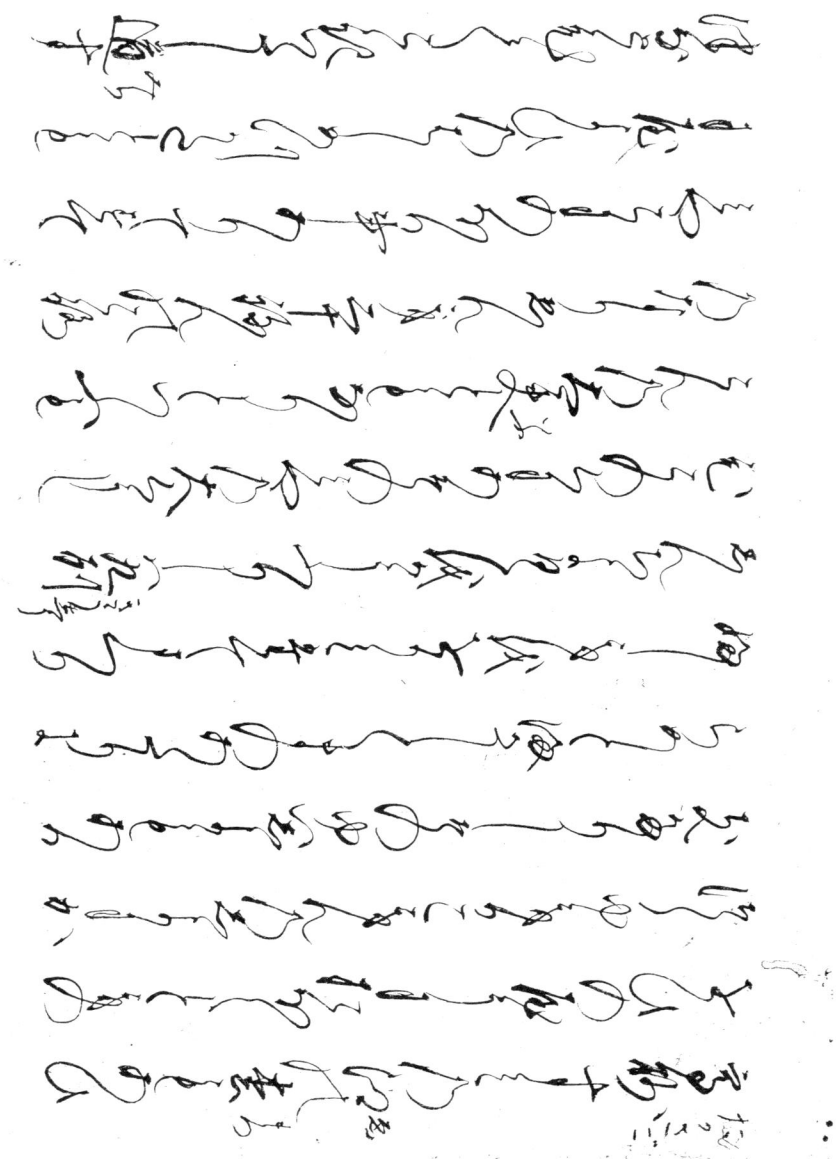

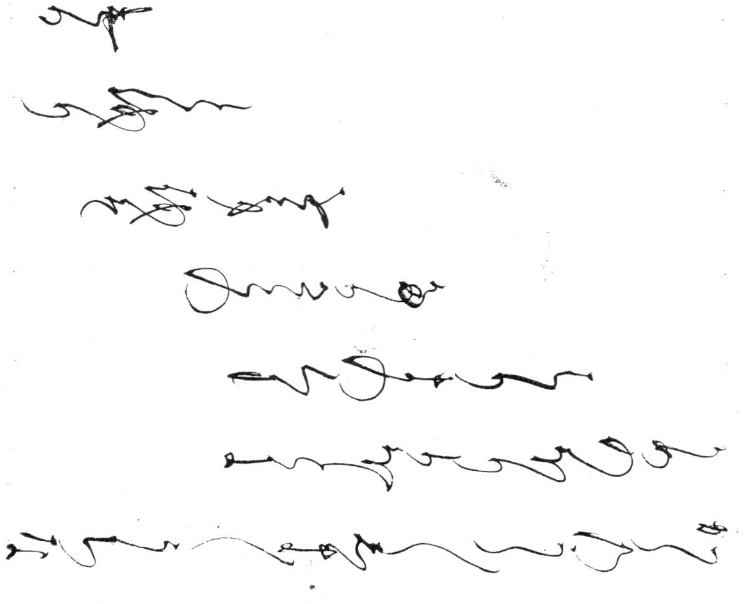

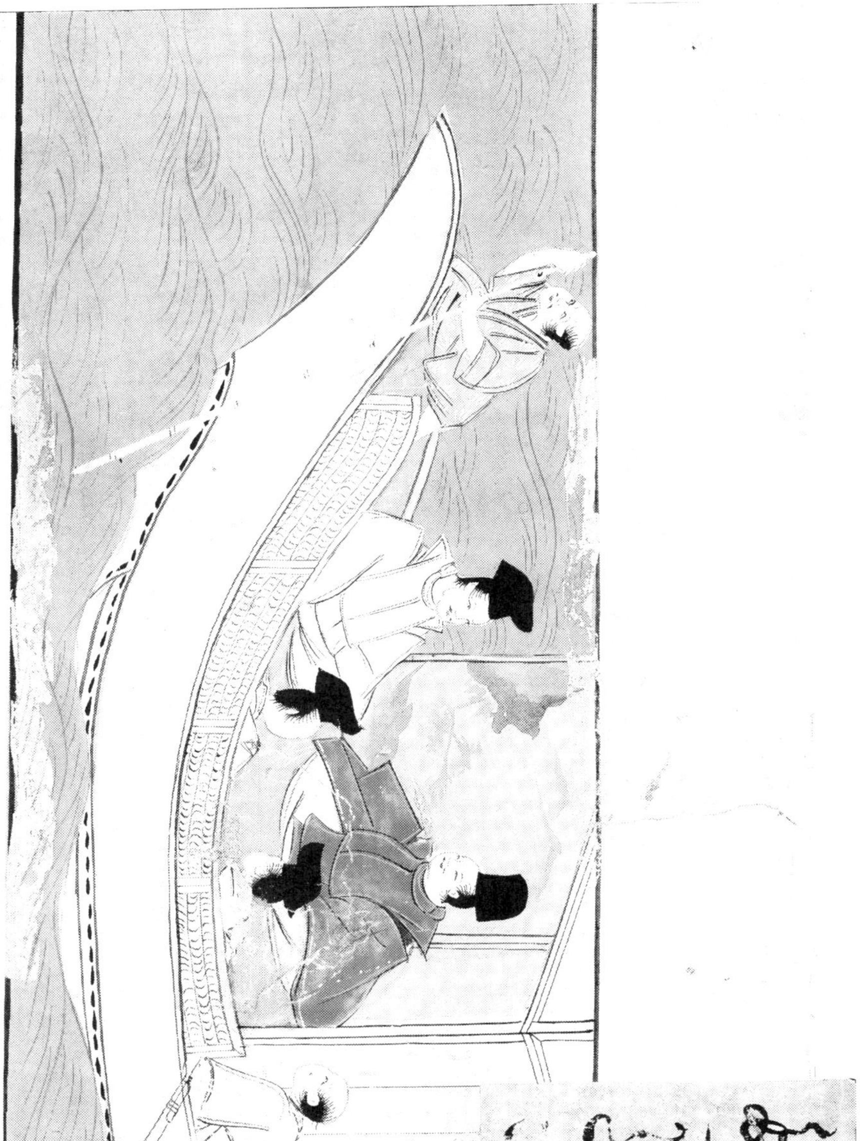

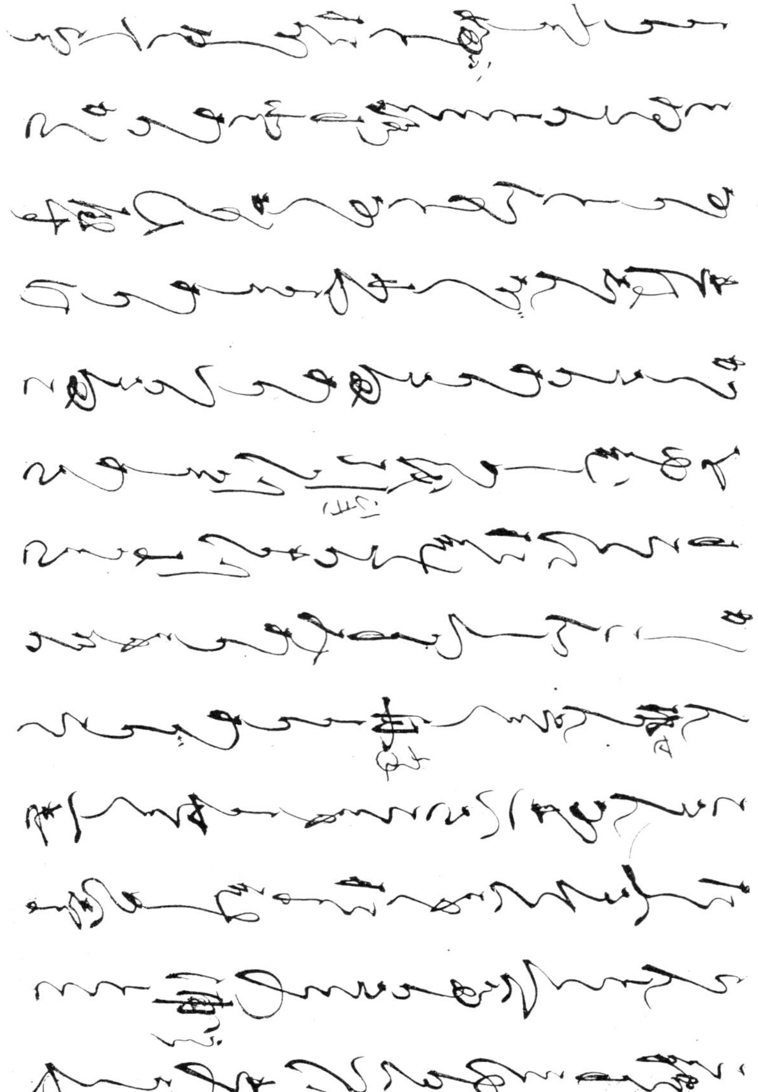

人二人《にん》もうれしくぞんじまいらせ候
とおもうぞはあのうおしと
つふすの候めちぐこのすりの
こうけ候へて御らん候
りしゆよ

[illegible]

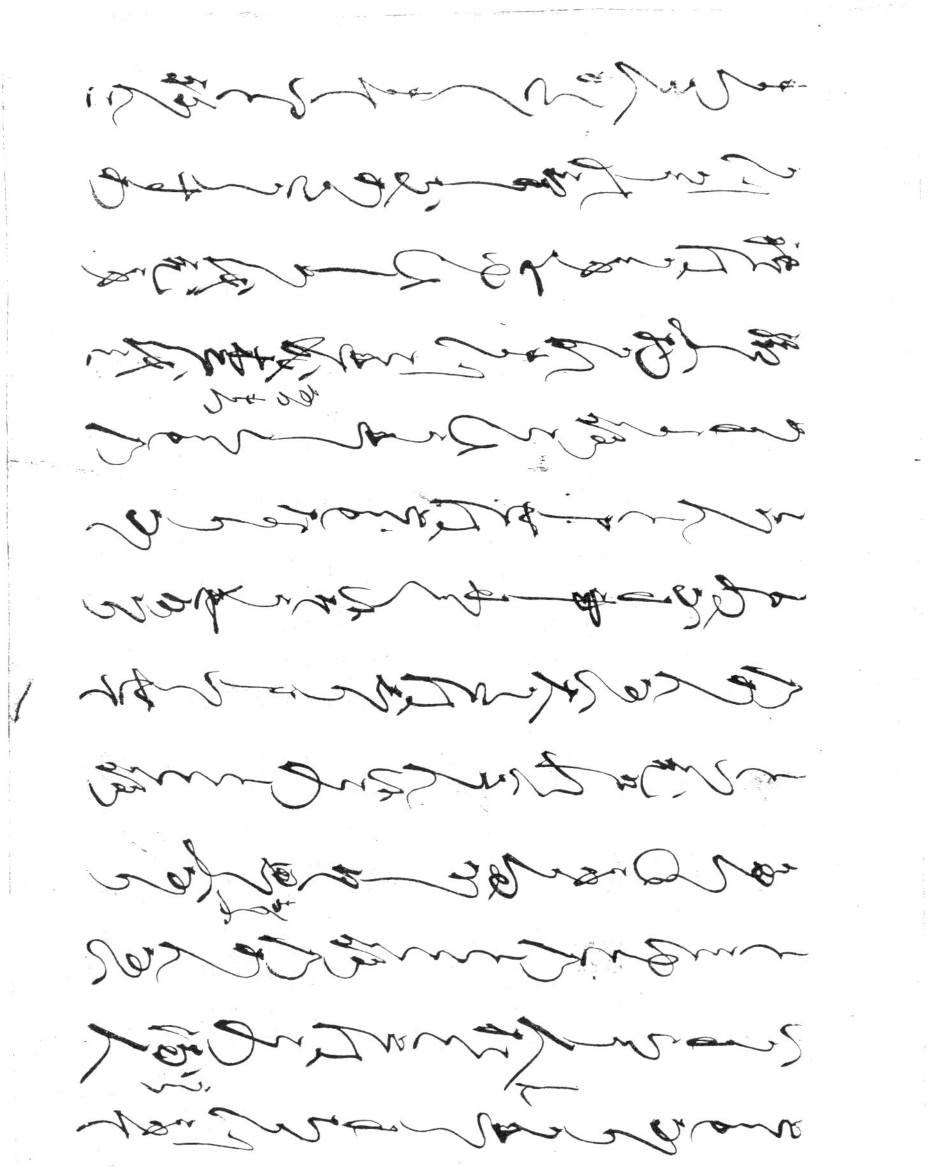

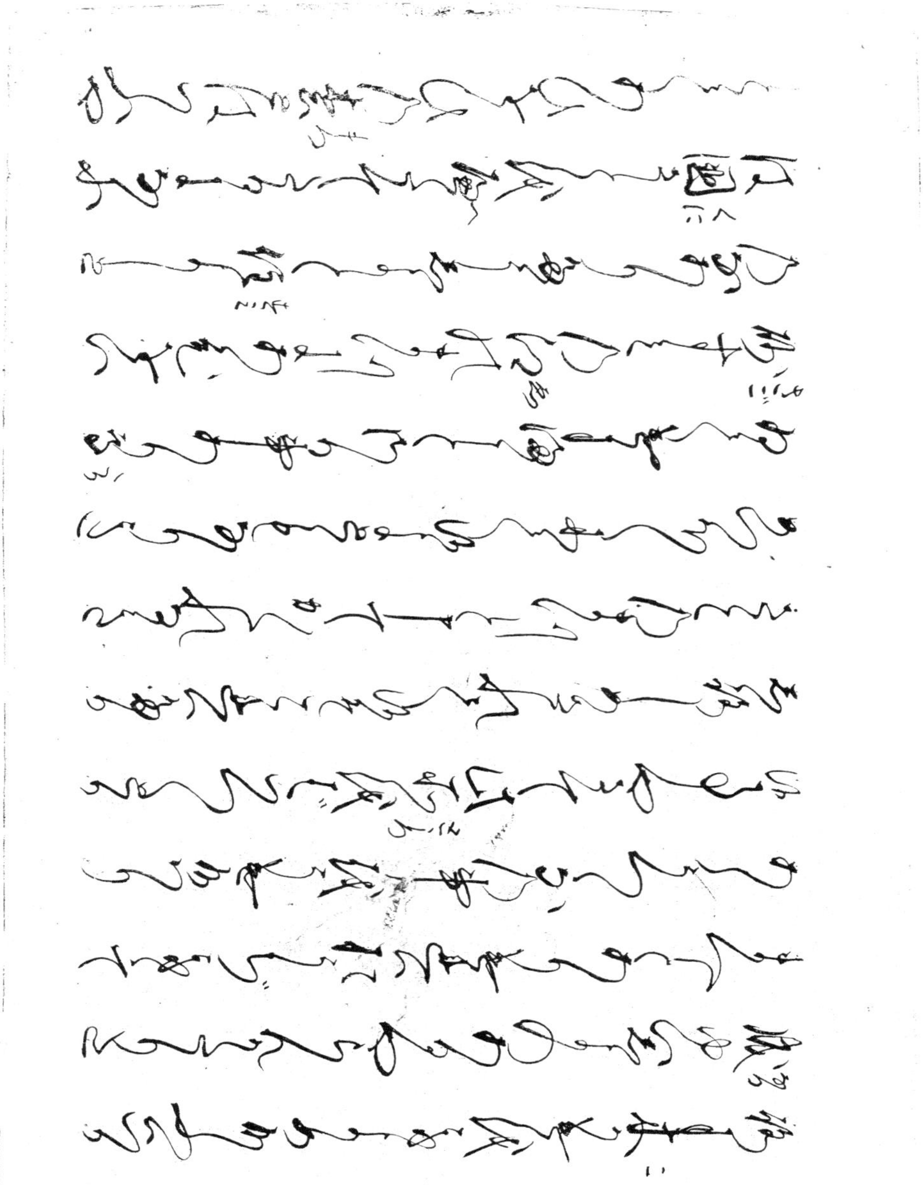

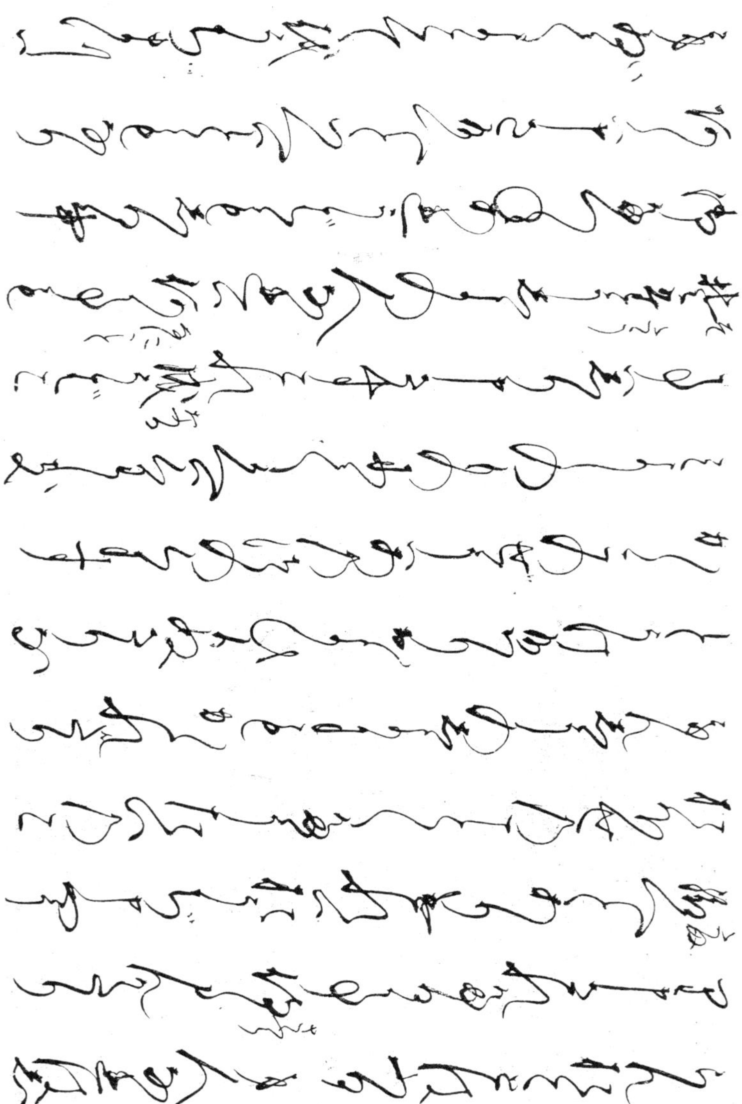

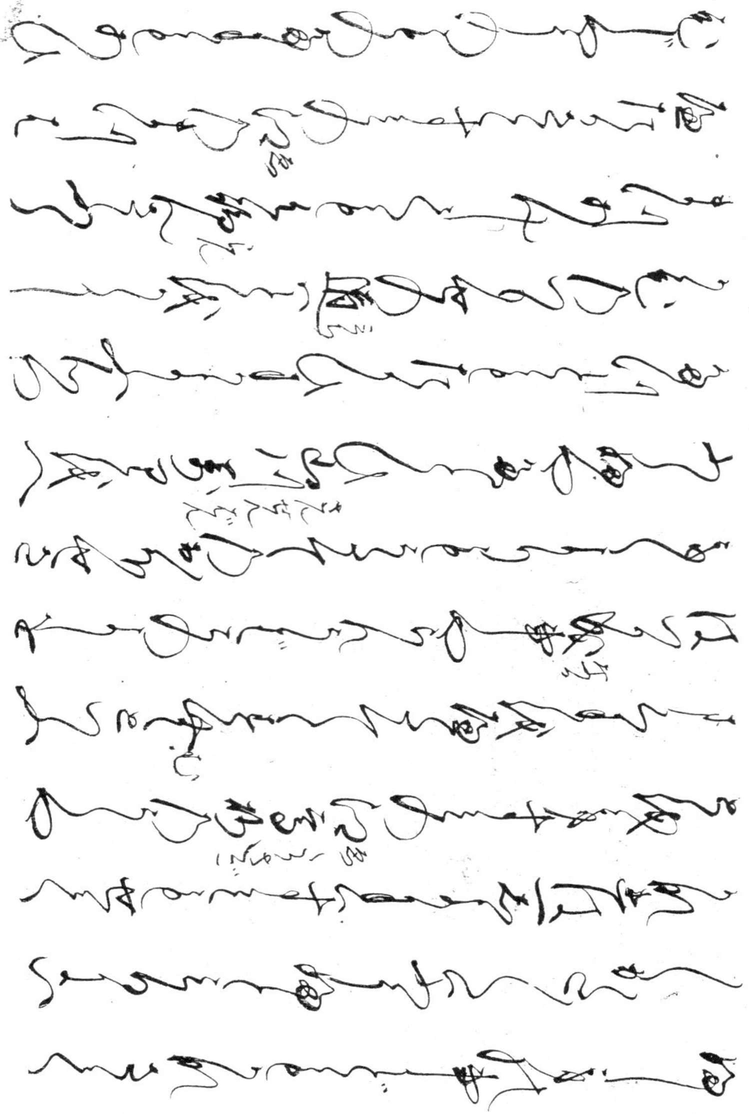

といかはおそらく御して
やうやうあらんとしくとかさ
しかもすこしおもひたるひ
みれはあかせしにもそへかりを
あやしけに心くし〳〵あるかと
しはなく《なか》とおもひさへかす
ぬかくゆかしきなかりかねて
もろともにさう《ごう》してやつれ
とかけいそかしあなとしさ
みなとのへつかひとひろ雲《わ》
いかうり給ふ心《ごころ》つきそまつれ
はるかなる人へかし〳〵てし
かそめつきの色めしや御さ

そもそもは上代《じやうだい》のまんえうしふ
うのころよりへの経《きやう》よりしとや
はなのこころはすこしおちえ
みやこのよりとはいつもね
このころのこころなんのひお
なしとみし世のむかしなと
色かりてそれともとも書《かき》
あるしらけかりてやしも
ありなかくさてはうしそれな
つたへあれなるてこころもり
あまりしなそへんこの日《ひ》の
なりなかれどの思《おもひ》ひてあるく侍
さか世しもしのかれとも

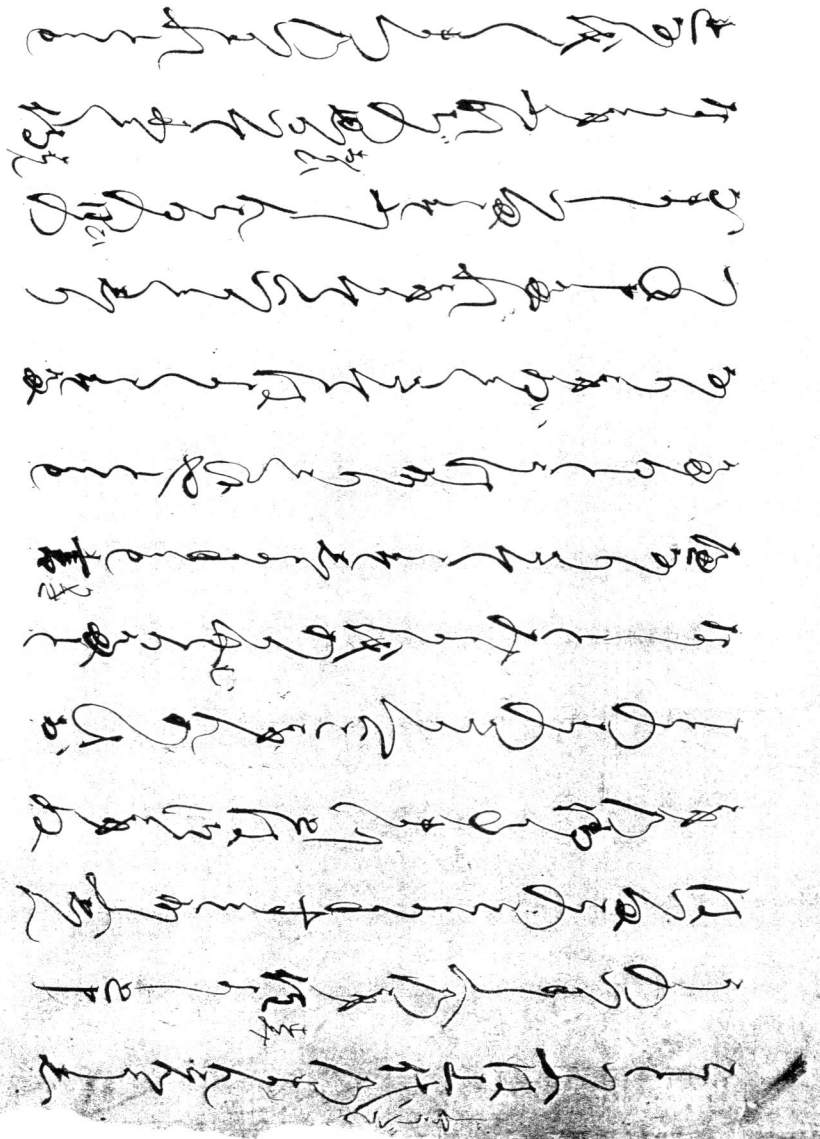

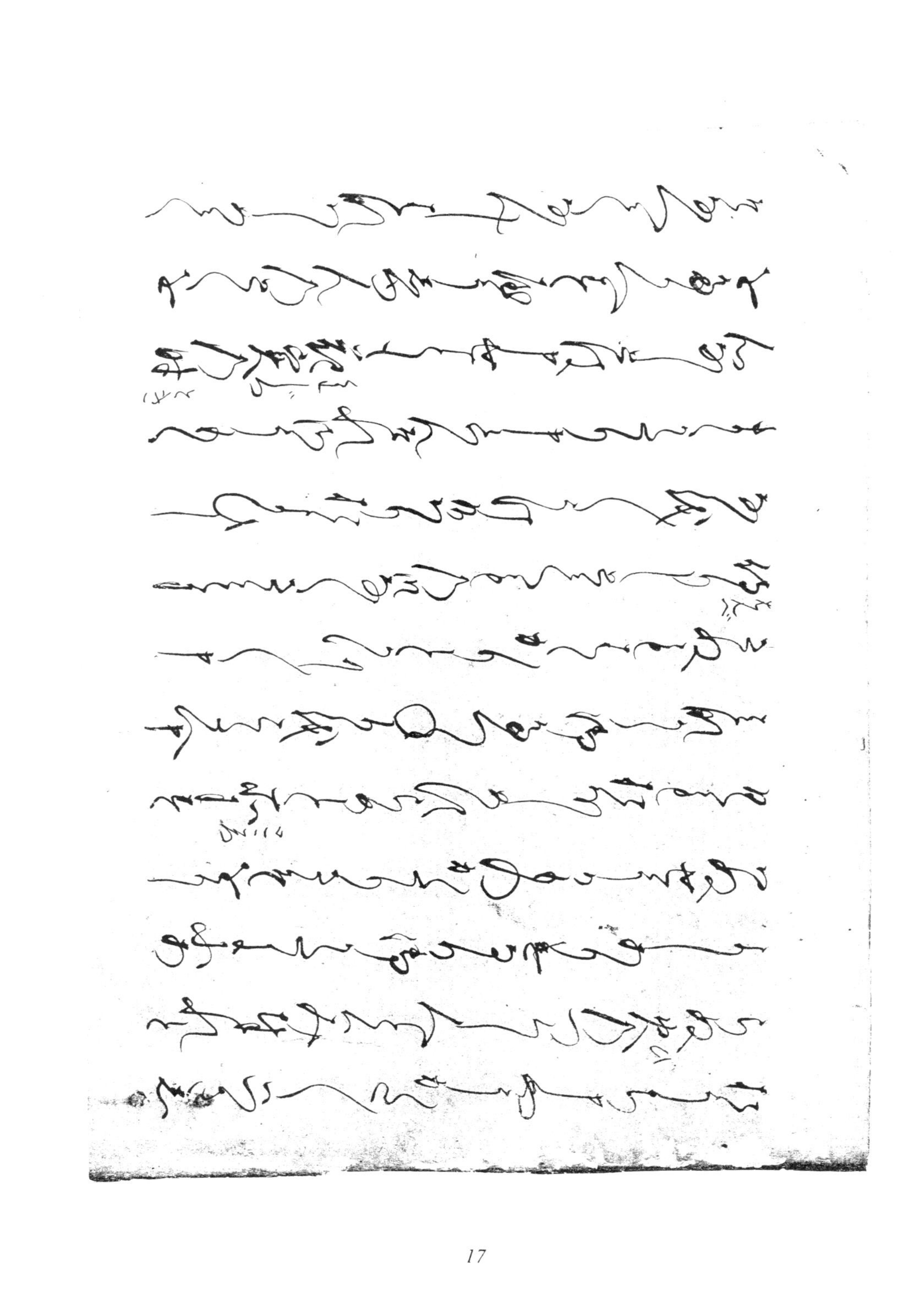

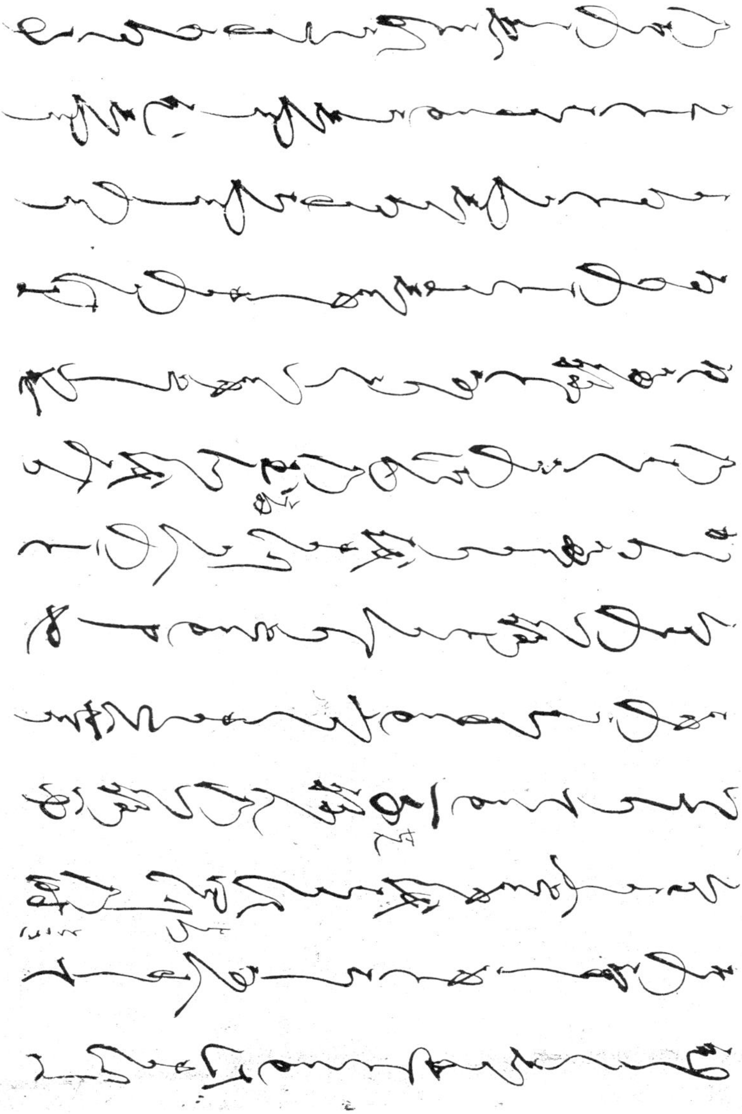

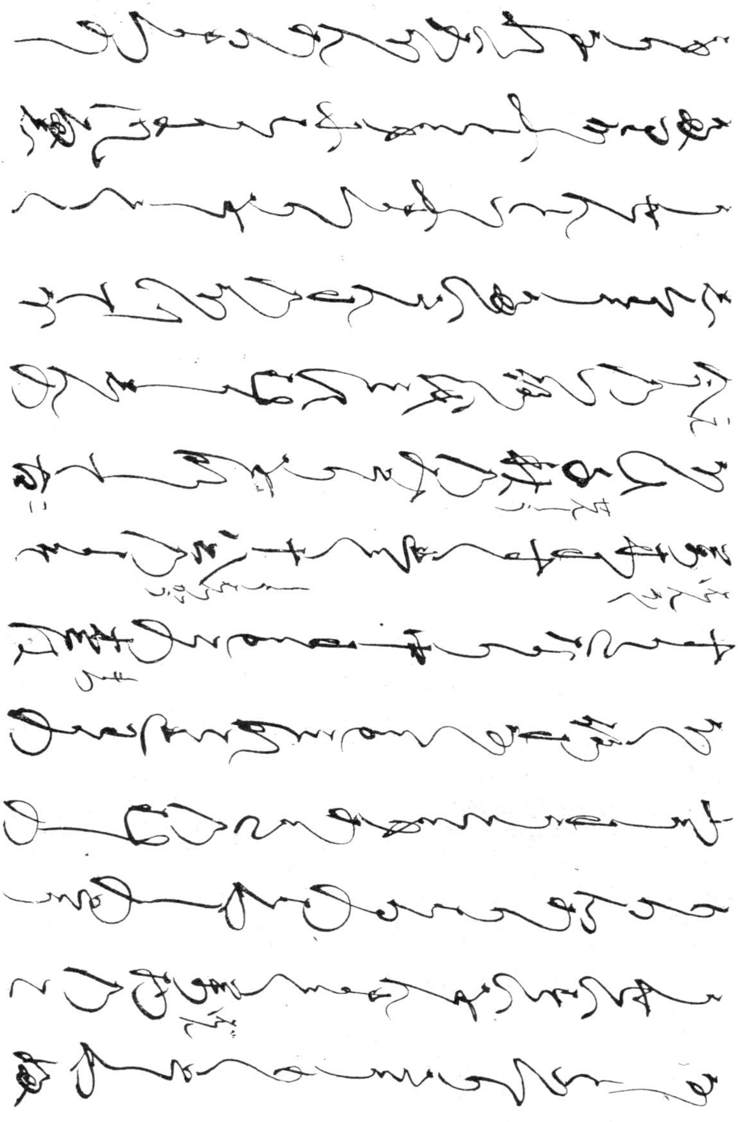

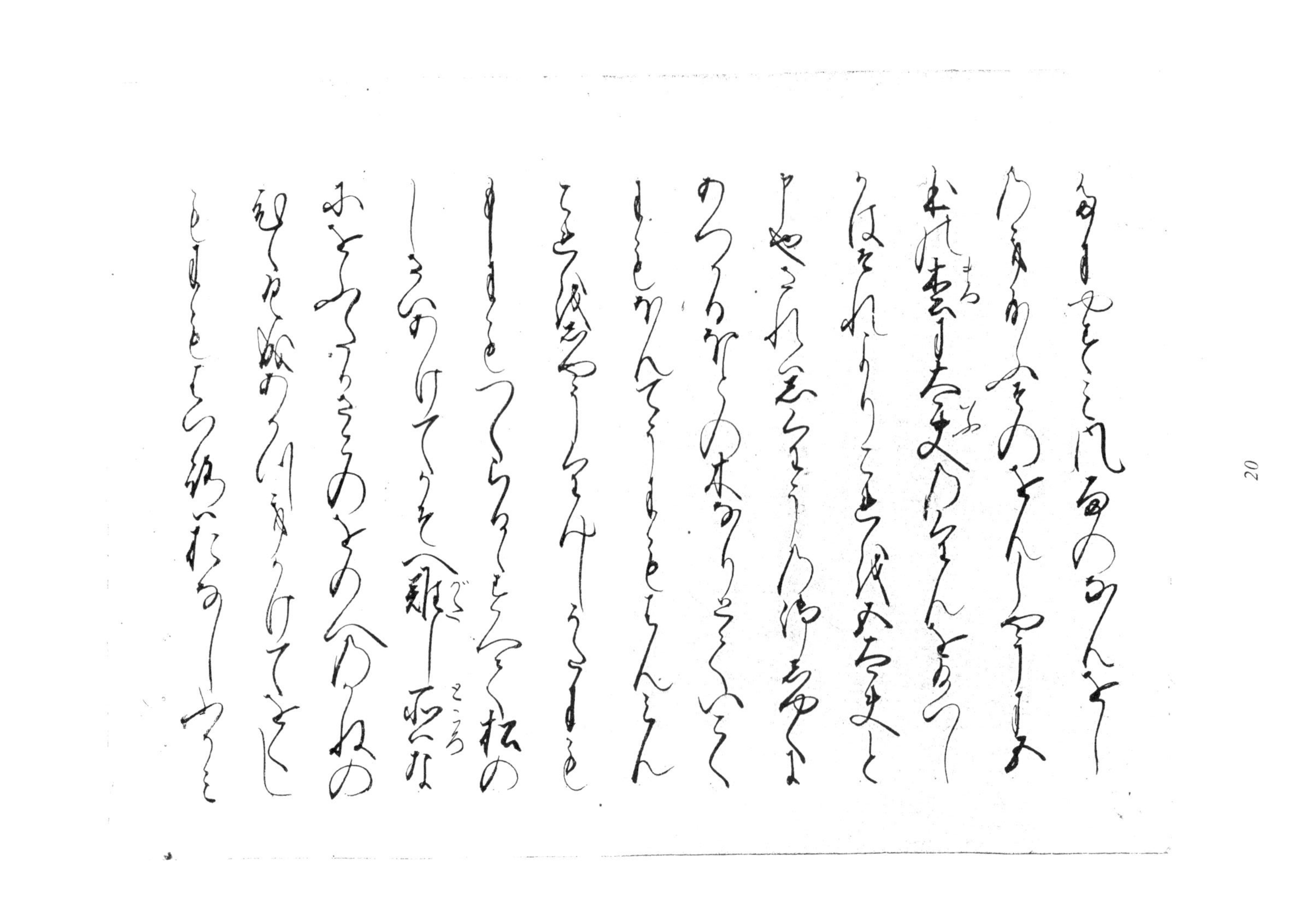

[illegible]

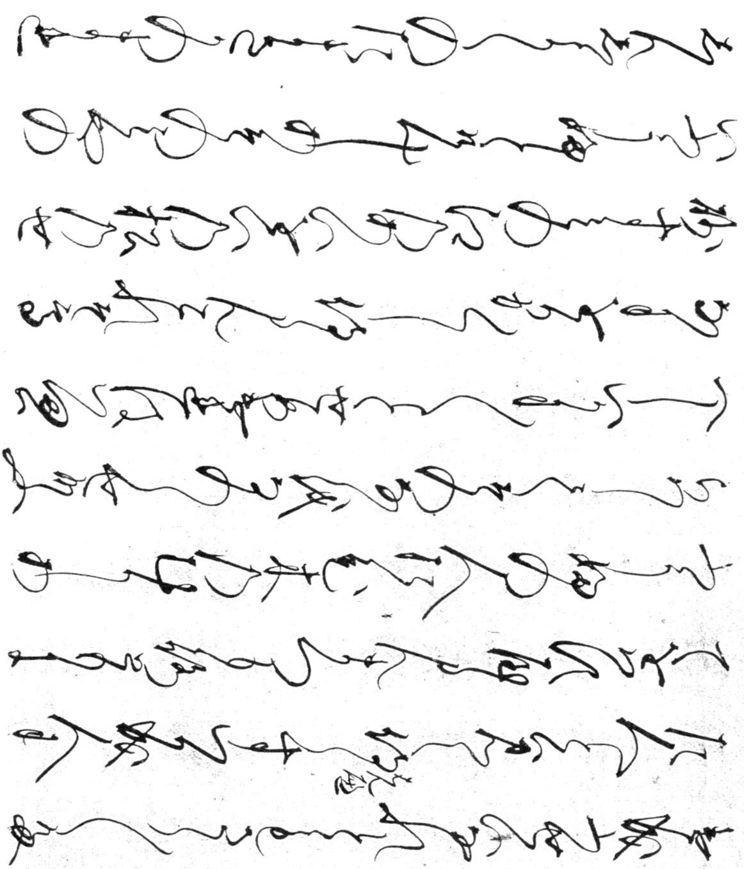

今日はしゆきかれらのつ
ろ後さかしこめけつせんち
ゆゑあはこれまくやうり給
かりくしまり世にすゝもし
まうくりあきたて見えける
まへんとくりよきはしくう
なのかひまくうるのをしうり
すきよしかく今宵よそ
らともかりつぬよわりかく
ちんなともまつれわく氏
うそこよの後ひのかんた
ゆきまさの風く舟まとり
のりて川の後にまでて

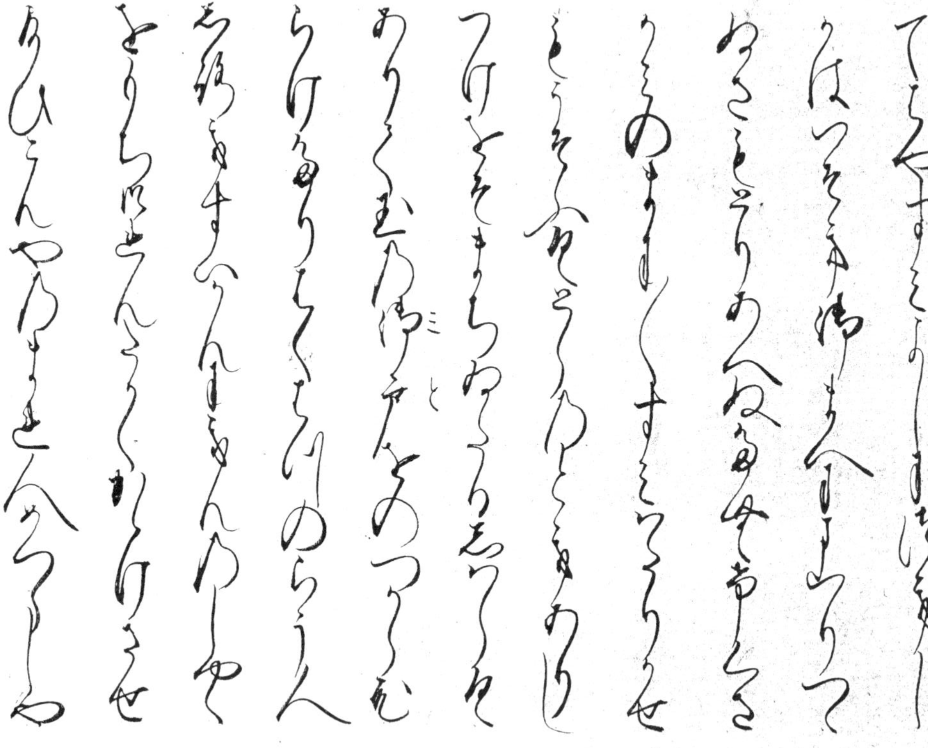

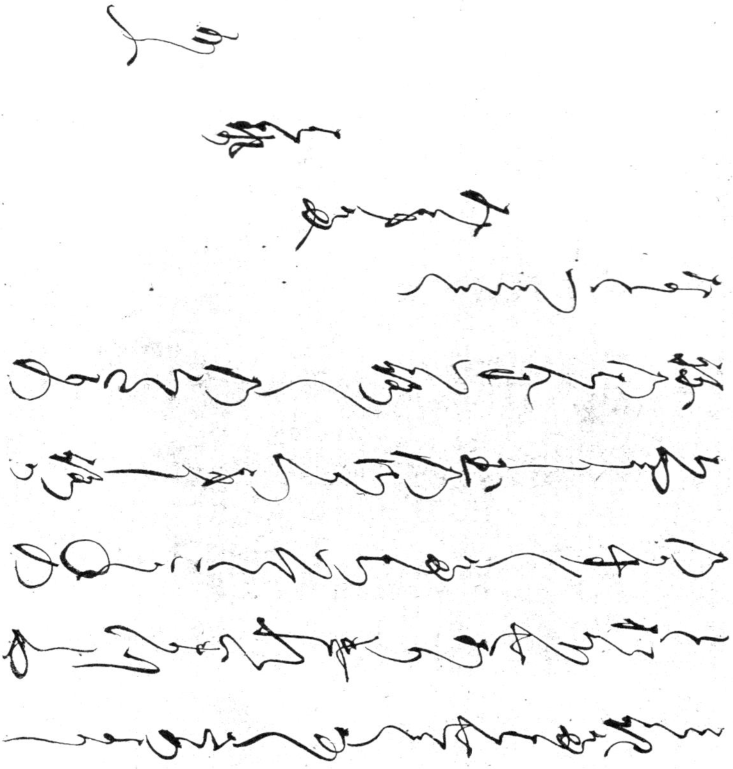

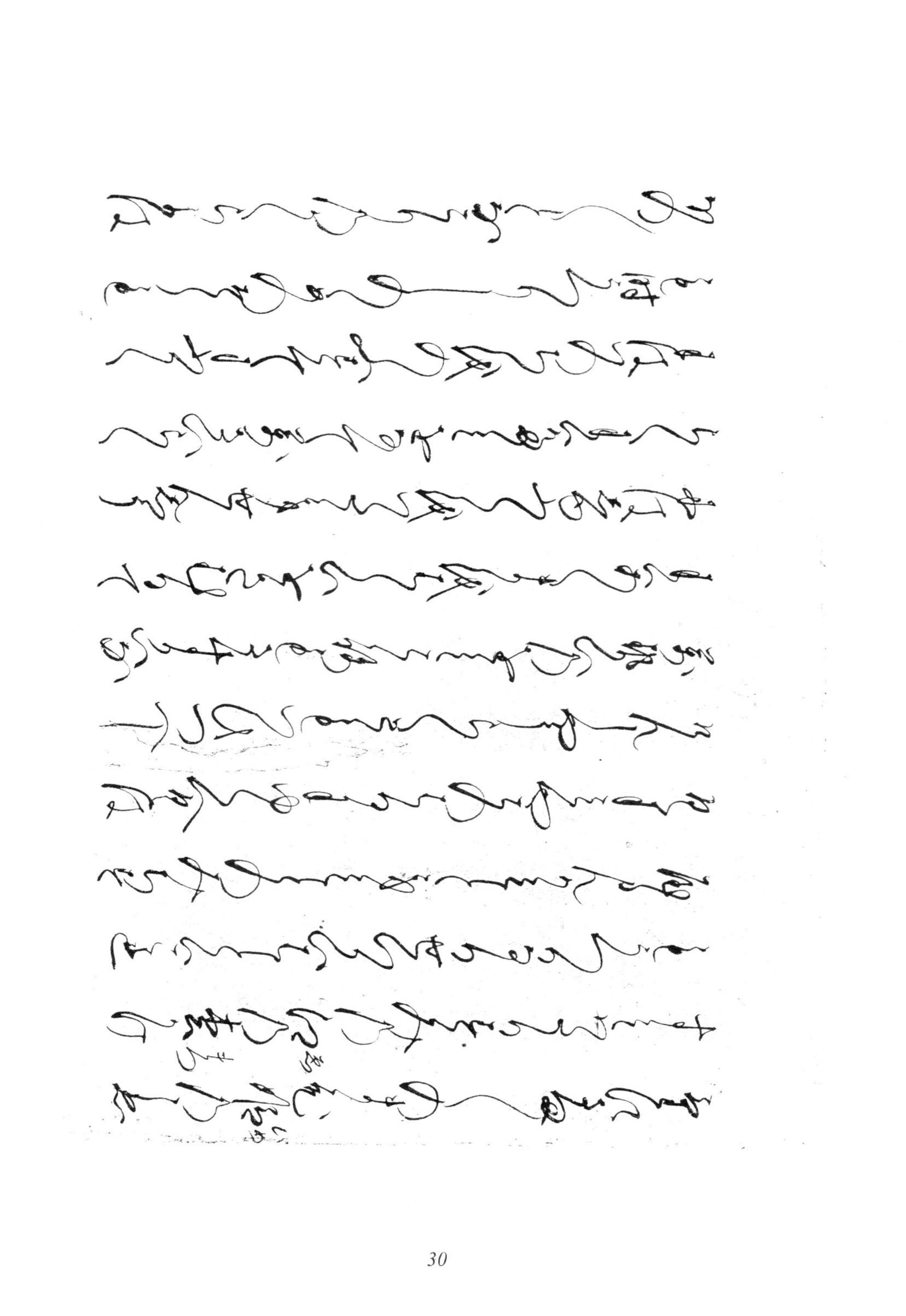

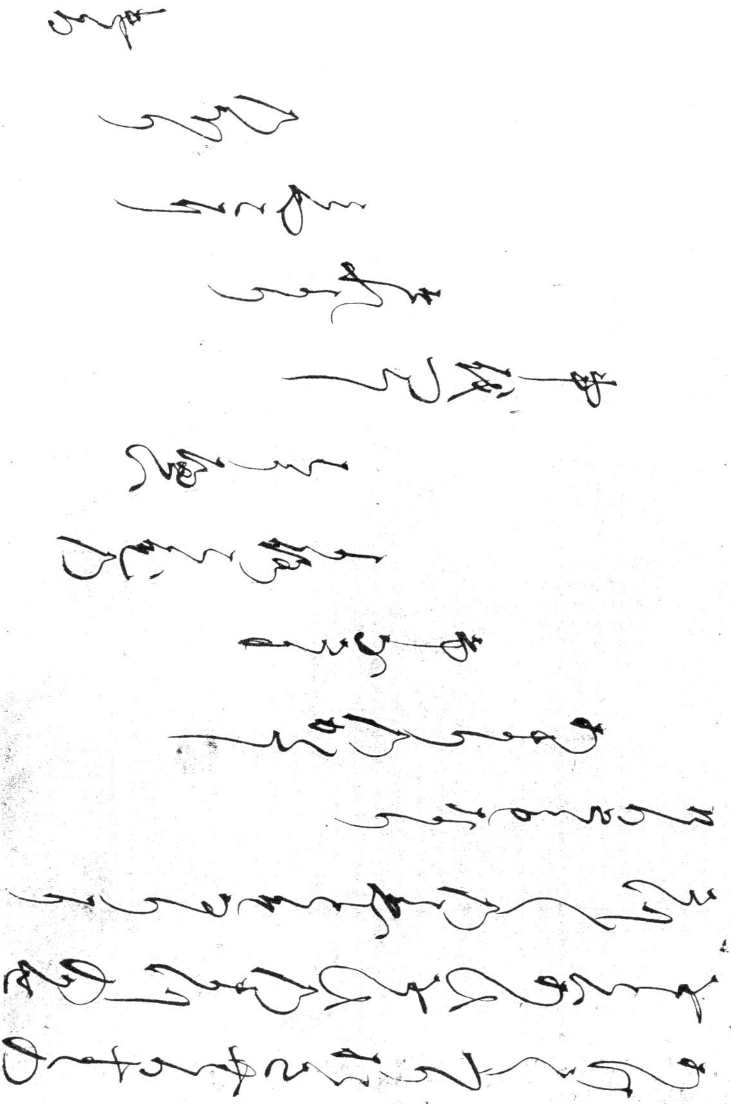

解題

『高砂』は、明らかに奈良絵本として制作されているが、室町物語としては、これまで存在が知られていなかった新出の作品である。内容は、能の『高砂』をもとに、物語草子に仕立てたものと思われるが、能が物語草子化された例としても貴重な作品といえよう。室町物語『高砂』の内容は以下の通りである。

肥後国の神主が播磨国高砂の浦に着き、松の前にいる翁と婆と話をすると、翁は住吉、婆は高砂の者だという。古今集や和歌のことを話し、次には住吉へ行くと、住吉明神が現れる。

以下に、本書の書誌を簡単に記す。

所蔵、架蔵
形態、袋綴、奈良絵本、一冊（現状は断簡）
時代、［江戸前期］写
寸法、縦一六・二糎、横二二・六糎
表紙、なし
外題、付箋題「たかさこ」
見返、なし

内題、なし
料紙、斐紙
行数、半葉一三行
字高、約一二・六糎

室町物語影印叢刊37

高　砂

定価は表紙に表示しています。

平成二一年九月三〇日　初版一刷発行

Ⓒ編　者　石川　透

発行者　吉田栄治

印刷所エーヴィスシステムズ

発行所　㈱三弥井書店

東京都港区三田三−二−三九

振　替〇〇一九〇−八−二一一二五

電　話〇三−三四五二−八〇六九

FAX〇三−三四五六−〇三四六

ISBN978-4-8382-7069-9 C3019